KB153169

몰
락
경
전

실천시선

240

몰락경전

김수우

실천문학사

차례

제2부

제3부

제4부

잊혀진 우물에 두레박을 내리는 숭고한 영혼들의
용감한 몰락을
흉내 낼 수 있다면
시와 삶에 빚지는 일, 더 뻔뻔해져도 될까.

제
1
부

최선(最善)

아침 영롱한 거미줄, 창틀과 깨진 화분을 잇고 있다

무한 서사를 퉁기는 외줄 우주, 명랑하다

내가 만든 커다란 먼지들이 거미줄 타고 논다 나를 본다

풀렁풀렁 구르는 투명한 몽당발들

한순간, 문득, 툭,

끊어질 평생을 알아 최선으로 빛난다 칡덩굴이 아니라

절대 찰나에 끊길, 끊어져야 하는 영원을 보았기에

최선으로 빛나는, 빛나야 하는, 미치는, 미쳐야 하는

최후, 찬란한 지도 한 장

굴절의 전통

입석으로 타서 간이의자를 하나 잡았다 다행이다

매화가 번진다 그리운 이가 먼데 있다고 한다 다행이다

지난 겨울 철탑으로 올라간 사람들은 어찌 되었을까

다행과 다행 사이 다행스럽지 못한 것들이 꽃대처럼 칼
금처럼 불면처럼 직립한다

밥그릇 안에서 굴절되는 영혼처럼 눈물은 봄비로 굴절
되었다

성냥갑 만한 메아리도 없이 봄비는 다시 철탑으로 굴절
된다

내가 가려는 바다는 통로 천정에서 거물거물 떨고 있다

팬티까지 벗고도 부끄러운 줄 모르다가 양말 벗을 때의
수치를 정직이라 부르는

네 칼날도 꽃으로 굴절될 것인가 분노란 그따위 궁리이다

오늘도 손해를 본 토마토 수레는 굴절되지 않는다 다행
이다 아니다

젖을 빨던 질문들은 철탑으로 굴절되었다 다행이다 아
니다

햇빛을 탕진하는 흐린 동백, 아슬아슬하다

신호등 앞에 늙은 외투처럼 서 있는 하늘, 뒤뚱거린다

간이의자를 접는다

빗방울경전

비가 온다 잘 지냈나 익숙한 주문(呪文)처럼 내리는 비,
나도 그들을 잘 안다

과일장수 아버지는 비가 오면 다섯 살 딸을 사과박스에
뉘고 비닐을 덮어 짐자전거에 실었다 그렇게 집으로 돌아
가던 시절부터 빗방울을 사랑했다 홀로 걷는 법 함께 내려
앉는 법 정직한 슬픔을 토닥토닥 배웠다

한때 빛을 키우던 지느러미들, 한때 날개를 고르던 새들

비가 오면 포장마차에 앉는다 빗방울 당도하는 소리 속
에서 천천히 빗방울이 된다 단추도 되고 단춧구멍도 되던
빗방울 유리창도 되고 바다도 되던 빗방울들 남비에서 끓
는다 홀로 푸는 법 함께 풀리는 법 정직한 슬픔이 보글보글
떠오른다

저주를 푼다는 것, 그것은 서로를 알아보는 일이다

오래, 아무리 모질게 잊혀져 있더라도 금세 알아본다

막다른 골목 유행가도 삐걱대는 관절도 천박한 자유도
불완전한 마술도 새우깡 흘린 노숙의 자리도 싸구려 강박
증도 빗방울이 된다 자박자박 낮은 발길이 된다

어떤 저주든 아름답게 풀어낼 수밖에 없는
몇 생애 내 어머니이기도 했던
홀로 걸어와 함께 내리는, 저, 이방인들
슬쩍 지나도 그림자조차 없어도 그들을 잘 안다 냄새와
그 유영이 익숙하다

사랑했기 때문이다

몰락을 읽다

구름이던 큰 나무에 구름이던 작은 새들이 앉아 있다

이 책 저 책을 뒤적인다 아무 할 일이 없다 씹었다가 뱉고 뱉었다 씹는 하느님

담벼락에 걸터앉은 젊은 햇빛이 말을 건다
난 여섯 살 소꿉동무였어 얼굴 잊은, 탱자 울타리에서 불러대던 옥희라는 이름이 간질간질 돋아난다

나무는 무수한 몰락으로 자란다 고대 신화가 몰락의 힘으로 살아가듯

풀꽃과 어깨동무하고 한참 절룩이는데 뒤통수 닮은 진실들이 옆에서 걷고 있다

뚜벅뚜벅 걸어온 나무그늘이 어깨를 겯는다
어깨에 작은 새들이 논다 나도 어깨가 있음을 비로소 안다

몇 번 몰락에 발가벗은 것들은 기원(起源)을 향해 자란다

큰 나무는 자라서 작은 나무가 되고 작은 나무는 자라서
구름이 되고 구름은 자라서 새가 되는 마을

질긴 하느님, 씹었다가 뱉고 뱉었다 씹는 페이지, 유리창
이 맑다

한참 가난해지고 나서야, 맑은 옥희 까르륵 웃고 있다

다시, 訥

어쩌다 마주친 별이 유달리 글썽이는 까닭을 모르겠다

깻잎 따는 부지런한 가을볕 뱃속 밑바닥을 시리게 한다

말을 더듬는다 빗나간다 비끄러진다 비틀비틀 사라진다

때로 높게 때로 낮게 얼비치던 굴참나무, 정녕 캄캄하다

어둠을 만들면 언젠가는 꽃눈 틔우리라 믿은 적도 있다

바다 밑 세월호 푸른 눈꺼풀들이 우리를 기다린 지 오래

말더듬는, 말길 놓치는 버릇이 시작되는데 방법이 없다

　시의 턱뼈를 잃었다 자꾸 시가 우그러진다 자꾸 뭉그러
진다 문법의 발톱도 은유의 꼬리도 썩은 동아줄이 된다 바
닥으로 가라앉는다

계란을 깐다 지옥에 온 듯 고개 박고 삶은 계란만 깐다

슬쩍슬쩍

오십을 훌쩍 넘었으니
초월을 흉내 내야지 병명 정도 죽음 정도는
가시내들 고무줄 놀듯 발춤 추듯
슬쩍, 시간 저편으로 건너가야겠다
수행 삼아 곰팡이밥 쏟듯 자존심도 버리는데

봄비,
흐린 점선이 아니라 푸른 실선으로 다가온다
목련나무 비에 젖어 걸어오니
아차, 삶이 당기는 팽팽함이 두려워진다
뿌리쳐야 할 생의 손목이 저렇게 아름답다니

슬쩍, 육조단경을 뒤적거리다
요가수트라도 슬쩍 성경도 슬쩍
슬쩍슬쩍 훔친 것들이 많은데

아슬아슬한 모든 슬쩍이

나를 누룩뱀으로 만들어 은근슬쩍, 무덤 저편을 허락할
것인가
　보폭 넓은 유목의 영혼이라도
　슬쩍슬쩍은 절대 불가능할지 모르겠다
　고무줄은 무릎이 아니라 머리 위에서 가파르니

　파산한 투수(投手)의 마지막 흰 공처럼
　망각도 몰락도 장렬할라나
　푸른 실선이 아니라 시퍼런 벼랑으로 다가오는
　봄비
　팽팽한, 솟구치는, 서슬 선, 저 손목들

1원의 무위

글쎄, 태풍이 지나고 나니 복숭꽃이 피었더군 낯설고 환
했어
절영로 언덕이었어 길을 잃은
1원 동전을 닮은 꽃잎에서 풀빵 냄새를 맡았지

그후로 영도 산동네 불빛들이 모두 동전 같아
웅덩이 빗방울도, 밥숟갈도
익숙할 법 하건만 매일 낯선 새벽도 동전으로 짤랑대었어

수학 잘하는, 억대 숫자 난무하는 이 나라에서
쥐엄발이처럼 살고 있는 1원들, 분명히 있는데도 유통되
지 않는 슬픔은
늘 무위의 철학이 되지

비밀번호 가득한 사무실에 혼자 비틀어진 액자도
누구도 기억하지 않는,
1원짜리로 반짝이던 거대한 숲을 반추하는 중

가볍게 가볍게, 자아를 버린
온몸으로 성실한 1원짜리 때문에 덜컹덜컹 자본주의는
굴러가는걸

탯줄 같은 비린 골목 안으로
1원 입자들이 새풋새풋 돌아오는군
진실은 길을 잃어야 보인다며 다시 태풍이 올 거라며
복숭꽃이 내년 안부를 묻는군

화엄맨발

맨발이 있었다 세상을 찌르는 마지막 뿔처럼
간절하다

오래 전 티벳에서 독수리를 타고 하늘 오르던 맨발 하나
네팔 파슈파티나트 화장터에 도착한다
혼자 온 길 풀잎 같고
혼자 갈 길 깃털 같다

장작더미 위 몸뚱이에서 꽃다발 걷어내는 동안
화부가 불을 피우는 동안
불꽃이 입과 무릎을 태우는 동안
맨발은 곰곰, 곰,곰,이 생각한다

수미산 넘는 오체투지 순례보다
먹고 사는 일, 더 깊고 더 멀었어라, 아아 더 그리워라

한 칸 계단처럼 한 장 엽서처럼 한 잔 술잔처럼

삐죽 나온 그 맨발에
사랑하지 않고는 견딜 수 없었던 수척한 날들 고스란하다
앙다물지 않고는 삼킬 수 없었던 험준한 밥 아득하다

뒤꿈치 젖은 화부가 삭정이로 불꽃을 높인다
연기를 걷어 돌아서는 딸의 가슴에 불뚝, 맨발 솟는다
앞선 원숭이 두 마리, 맨발이다

그래, 맨발이 있었다 꿈을 응시하는 마지막 눈,
날카롭다

봄의 저울

종이봉투가 되어버린 내 머리통에서
푸른 사내는 뭔가 끄집어내 투덜투덜 내던진다
눈만 끔벅였다 난처했다
한 짝 슬리퍼나 사과꼭지, 빨래판, 녹슨 화살촉도 보인다
전갈이나 지네도 허우적허우적 떨어진다

내 속에 저런 게 있었다니
점점 난처하다
배고픈 늑대를 화분에 심는 일만큼이나 난처하다
전혀 모른다고 내가 키운 게 아니라고
말하는데 입술은 암모나이트 화석이다

뚜껑을 잃어버린 만년필 때문이 분명하지만
시체들 각막을 모아놓은 시편 까닭이 틀림없지만

머리 뚜껑이 열린 채 눈동자 굴릴 때마다
저울추가 평평해진다

고대벽화 속 토우가 햇살 게우듯
갈고랑이 손을 가진 사내가 추썩거릴 때마다
허공에 연두가 번져간다

울겅불겅 던져진 잡동사니 도깨비들, 바다로 가는 모양
이다
전갈이나 지네를 차라리 따라갈까
큰 집게나 많은 발이 아니라
그들의 독이 절실했던 시대가 좀 많았으니
난처한 밥, 난처한 무릎, 난처한 자살, 난처한 위정자까지

보도블럭 촘촘촘 봄을 세우는 연두의 저울눈들
빈 봉투가 되는 동안
점점 난처한, 점점 뻔뻔한, 점점 그리운

철갑둥어

철갑둥어 등신불이 도착했다 세월호에서 보낸 우편처럼

지느러미로 건너온 길, 하늘에 푸른 고랑을 낸다

사십 계단 골목 창가로 고여드는, 바다

비늘 칸칸에서 노란 국화 냄새가 난다

심해에 어룽지던 햇살 물봉우리를 기르는 동안

배고플 때 눈물 날 때 헤어질 때도 신발코만 내려다보던

뜨거운 눈빛들 철갑둥어로 태어났을까

손자죽 많은 겹층의 꿈, 겹층의 내일, 겹층의 춤, 겹층의
배반, 겹층의 기다림, 겹층의 죽음, 겹층의 어머니, 겹겹

금빛 철갑을 입었다

무심, 깊은, 단단한, 노련한, 가시지느러미가 있는 등신불
의 전언

이제 걸어갈 거예요

사라진 발원지를 향하여, 향하여

나팔꽃, 떠내려가다

컨테이너부두 철망에 나팔꽃 붉다 와글와글 고요하다

머나먼 가자지구에 폭탄이 종일 떨어졌다면서
여름 햇살은 거위 소리를 낸다

눈 큰 아이, 팔목 긴 아이가 아파트를 뛰어내렸다는 뉴스에
다시 말발굽 소리를 내며 휘어진다

당연하지 않은 것들이 당연한, 그 틈
당연이 당연치 않는, 그 틈

철망의 칸칸을 짚고 오른 절망의 발톱들, 총알 소리가 된다

진리와 동떨어진 슬픔, 그 틈
슬픔과 동떨어진 진리, 그 틈

매일 붕괴되는 것들 속에 매일 일어서는 메아리들

저기까지만 가자 저기까지만 가자
거기서 한번 돌아보는 거야

더 절망하지 못해 미안해
어긋난 철망에서 돋는 관음의 유골, 덜거덕덜거덕 침묵
의 틀니를 하고

부둣길 고가도로 시멘트 기둥을 따라
천사처럼 앉아 시린 나팔을 분다

절단된 것들이 단절되고 단절된 것들이 다시 소외되는
모든 당혹을 무릅쓰고 모든 어긋남을 비껴가는

와글와글, 나팔꽃, 천지에 떠내려간다

파도의 방

선고처럼 붙어 있는 머리맡 사진
동생들과 내가 유채꽃밭에서 웃고 있다

그 웃음 속에서 아버진 삶을 집행했다
깊이 내리고 오래 끌고 높이 추어올리던 그물과 그물들,
그물코 안에 아버지 방이 있었다 기관실 복도 끝 비린 방,
종이배를 잘 접던 일곱 살 눈에도 따개비보다 벼랑진 방

평생이었다 고깃길 따라 삐걱대던, 기름내 질척한 유한
의 방에서 아버진 무한의 방이 되었다
여섯 식구 하루에 수십 번씩 열고 닫는

육지에 닿은 후 이십 년이 넘도록 그 방을 괴고 있는지
스무 명 대가족 사진 소복소복 핀 미소에서 어둑한 방 하
나 흔들린다

팔순 아버지의 녹슨 방, 쓸고 닦고 꽃병을 놓아도 아직

비리다 아무리 행복한 사진을 걸어도
　생이 얼마나 쩐내 나는 방인지 겨우 눈치챈다

　파도,
　내가 집행한 푸른 아버지

슬픔이 부족하다

충무동 선창가
버려진 저울이 돼지껍데기 같은 하늘을 재고 있다
생선꽁지 같은 통장을 버리고
끝내 건지지 못한 세월호의 깊이를 재고 있다

바늘조차 떨어져나간 저울은
제 몸을 뺀 세상의 넓이를 다 재고 있다

저울이 아무리 많다 해도 일 톤 트럭에 실려가는 흰 조화
(弔花)를 잴 수 없으니, 아홉 개 전생을 기억하는 고양이를
잴 수 없으니, 잿빛 밥알 올리면 최초의 지구를 알아보듯
흔들리던

저울은
무게가 아니라 무게 바깥을 증언해 왔다
비늘이 아니라 비늘 바깥을 증언해 왔다
저울 바깥은

영원한 감옥, 세월호 만큼 깜깜하고 깊은

애초 녹슨 저울은 증언하고 싶었다 버려진다는 것, 잊혀
진다는 것, 잊혀진 후 삭제된 바다를 잰다는 것, 실종된 점
심시간을 잰다는 것, 바늘이 없어도 마지막 증언자로 살아
간다는 것

난독증 환자가 되기에도
아홉 개 전생을 기억하는 고양이가 되기에도
우리는 아직, 슬픔이 부족하다
눈물이 석탄 같은데도

바탕

남포동 골목, 노루가 지나갔다 눈썹 밑 허공과 마주친 순
간 엎어졌다

발목을 삐고 손에 생채기가 났다 고무줄 퉁긴 듯 돋는 구
름의 보풀들

잊었던 달개비꽃밥이 떠올랐다 돌멩이로 찧던 다섯 살
의 소꿉밥, 문득

숨었던 이름들 파다닥 날개 턴다 눈밭에 찔레열매 가득
붉었다, 와락

천둥처럼 달려드는 진흙 냄새, 갈색털 덮힌 슬픔이 물끄
러미 돌아본다

추억은 초식동물로 살아 있다

그런데 저 앞을 지나간 건 정말 노루였을까

제
2
부

물속 사원

나물다발 속
돈나물꽃 한 줄 묻어왔다

노란 꽃부리 기특해
유리잔에 담았더니 이튿날부터 먼 안부인 듯 내리는 실
뿌리
아침저녁 풍경(風磬) 선율인가 했더니

꽃질 무렵 뿌리에서 깨어나는 잎, 잎들

점, 점, 점 번지는 푸른 눈망울 사이로 아득히 수미산 가
는 길
초록 만장 나부낀다

매일 백팔배 할 곳이 생겼다

뒤

앞서간 사람이 떨구고 간 담뱃불빛

그는 모를 것이다 담뱃불이 자신을 오래 바라보고 있다
는 사실을

그 최후가 아름답고 아프다는 사실을

진실은 앞이 아니라 뒤에 있다

한 발짝 뒤에서 오고 있는 은사시 낙엽들

두 발짝 뒤에서 보고 있는 유리창들

세 발짝 뒤에서 듣고 있는 빈 물병들

상여 떠난 상가에서 버걱거리는 설거지 소리를 망연히
듣는다

사랑하는 사람은 뒤에서 걷는다

물끄러미, 오래, 사라질 때까지, 바라보는 눈동자, 내게도
있을까

신호등 건너다 고개 돌리면

눈물 글썽이는, 허공이라는 눈

미끄럼틀 앞에서

기린을 닮은 여인은
은빛 칼날을 내 배에 대었어 그리고 명령했지
이렇게 둥글게 그어, 선이 아름다워야 해
역시 자기 배에 놓인 은빛 큰 칼로 베는 법을 가르쳤어
꿈이지만 두렵기보다 부끄러웠지

겨울 미끄럼틀이 햇빛을 타고 노는군

여인이 배를 그으면
파파야 향기가 물컥 쏟아질 것 같았지
내 배를 가를 수 없었어
자반을 먹은 어제, 선짓국 먹은 그제
질투로 그물을 깁는 나의 노동은 하루하루 게걸스러워

텅 빈 미끄럼틀 앞에서 회오리가 되는 새벽꿈

내가 가른

깊고 둥근 배들이 환각처럼 비리네
허겁지겁 갈라내고선 잊어버린 타인의 아침 타인의 의자
늙은 내장이 먹어 치운 타인의 약속들 비명들
울먹였지 부끄러움보다 공포였어

아직 미끄러질 수 있을까 얼마나 깊을까 얼마나 깜깜할까

두 자루 은빛 칼날
한순간 배를 갈라 보여주라는 명령은
내가 갈라낸 착한 배들을 기억하라는 부탁일 거야
언제든 나를 환하게 가를 수 있어야 한다는
누구에게든 나도 식량이 되어야 한다는 최소한의,
당부,

그건 미끄러운 칼날이었어
기린을 닮은 하느님의.

화장(化粧)

두고두고 갚지 못할 빚 하나 있는 게 좋다
철격철격, 삶의 베틀에 앉은 거미가 보이니

아무쪼록 몸 괴롭히는 죄도 하나 있는 게 좋다
흰 종이 펄렁이는 여백도 두려운 줄 아니

아침저녁 나를 갉는 불화쯤 있는 것
정말, 좋다
너무 일찍 잠깨어 버린 노숙의 음성이 들리니

살아 있는 근거들, 살아가는 은유들, 거울 앞에 진열해놓은

빚과 죄와 불화,
끝끝내 이루지 못할 사랑 하나를 먹이고 있으니

마음 놓고 마음 놓고
미친년처럼 갸륵해라 여위어라 물들어라

아는 척, 날리는 꽃잎

눈썹을 그리고 가짜 목걸이를 하고 비타민 한 알 삼키고
버스를 탄다
얼마든지 속아주리라 저 봄꽃

발원지

1

물은 밤마다 고생대로 돌아간다
모든 아가미가 새 소리를 내는 최초의 숲으로 돌아간다

　꿈은 맨발로 물을 따라간다 기슭에서 물의 발꿈치를 놓
치고 말아

2

　강물 속에 물이 없네
　물살마다 얼굴을 들이밀고 햇빛 분말 헤아리듯 헤집어도
　물속엔 언제나 물이 없어
　실패할 원고를 고치고 또 뜯어고치듯 물의 갈피를 헤적
여도
　강은 맞춤법도 부호도 없는 문장
　물집 잡힌 발가락 사이로 공포는 머리카락처럼 길어, 난

처해라 고독이여

　　온몸이 누더기 헝겊공만 한 즈음

　　마지막 골짜기에서

　　마침내 물기둥을 발견하지

　　물렁물렁한 신비가 아니라 날카로운 유혹을 가진 슬픔

의 아가미들

　　빨강 금붕어떼 상쾌하게 날고 있네

　　지느러미 사이로 쏟아지는 선홍빛 물 알갱이를 숨쉬며

　　기슭에 서서 엄마처럼 말하지

　　이제 마셔도 돼

　　3

　　그때 물은

　　한 끼 국밥 같은 새벽꿈을 지나

　　버스정류장에 도착한다

　　지상의 모든 아가미는 새 소리를 내며 흐르고

51

마른 슬픔이 해독되지 않는 숲을 퍼덕거리는 동안

물은 다시 우리를 잉태하는 중이니

푸른 꼭지점

미루나무 두 그루, 키를 나란히 하고 늙어갑니다

바람 불거나 불지 않거나 제자리 디디고 디딥니다

그저 서로 바라보는 것도 큰 경영이라

뒤꿈치 단단해질수록 나란나란 깊어가는 두 그루 고요

북극성 도착하는 꼭지점입니다

본적(本籍)

열고
닫고
열고
닫고
열고

있었다
한 마리 코끼리

줄넘기로 하늘을 키우던 내 열 살이 걷고 있다 나는 족장
의 딸이었다 마른 강줄기로 굽이치는 몸집, 주름 사이로 들
판이 자랐다 거대한 둥치를 뽑던 코로 집어올린 풀씨들, 새
파랬다 밤마다 꾸던 꿈은 귀가 되었다 얼마나 많은 바람을
낳았는지 귀는 깃발로 펄럭인다 매일 하늘을 쓸었다 큰 발
굽이 되어버린 다락방, 그 발굽으로 우묵우묵 앞서간 발자
국을 짚어간다 무수한 배꼽들이 질경이를 낳는다 수상한
것은 하나도 없다 등고선 사이로, 노을이 질펀하다

몸속 컴컴한 맨 밑 서랍
나의 아프리카가 있었다, 조용히

닫는다

반달의 탈각

영도 앞바다 반달이 뜬다 반달이 진다

반달과 반달 사이, 반달이 많다

빨래 널어놓고 바다를 한참 바라보던 할머니 뒷모습
봉창을 가로지르는 테이프 자국
문득 도깨비가 되어 건둥거릴 것 같은 터주항아리
사물함에서 하루하루 젊어지는 먼지들
고도를 기다리는 한 그루 나무

다가옴과 물러남 사이, 접시와 고등어 사이, 별로와 대단
의 사이, 돌무덤과 극락 사이, 노숙과 신문지 사이, 텔레비
전과 사막 사이, 별안간과 지루함 사이, 표지와 제목 사이,
사이의 모든 사이에서

반달은 탈각한다
선창가 비릿한 좌판에서 주춤거리며

감기약처럼 삼키는 울음 버캐에 종일 긁히며
대푼짜리 신성모독 아래 움찔대며
빗물 괸 종이컵 속에 휘청 엎어지며

반달 덕분으로 살아온 반달들이 저승빛처럼 몰래몰래
피고 진다

하늘이 매일 넓다 자꾸 넓고 다시 넓다

손님

스멀스멀 기어오르는 것들
몰랐던, 알듯 말듯했던
물그림자들이 갑자기 당당해졌다

꼬리를 또르르 말아 올린 세 마리 도마뱀이 의기양양
왼쪽 옆구리를 낡은 벽처럼 오르내린다

노크 같은, 작은 새들의 꽁지깃이 등골에 파닥인다
이내 온몸에 거미줄로 번져가는 것들

스멀거리는 것들에게 밥을 먹이지만
커피도 대접하고 추억을 대접하지만

마주칠 때마다 엄격해진다
희미했던 것들은 점점 험준한 얼굴로 다가온다

가난이거니 했던 손님들이

적막이거니 했던 손님들이

시간 지날수록

더 번져갈 수 없는 뱃속 밑바닥에서 천천히 산맥이 된다

그들은 오래 전에 버린 젯밥,

함부로 잊혀진 나의 기도들이었다

첫길

아무도 기다리지 않는다
아무도 그립지 않다

모퉁이를 돌면 헌책방이 있고
그 옆에서 옛 영웅의 동상이 종일 늙어가고
그 앞에 버스가 선다 닳은 틀니처럼 덜컥덜컥 버스가 모
퉁이를 돌면
그 옆에 글씨 지워진 혁명탑이 주저앉아 있고
그 앞에 간판 없는 가겟방이 저물고
저만치 헌책방이 전등을 켠다

도착도 출발도 한 자리구나
사랑도 기다림도 한 시간구나

배회는 영원의 벼랑을 밀고 간다 광막한 순간의 변압기
를 올리면 죽음 한 벌 펄럭이는

결국 돌아올 곳임을 알기에

배회는 모든 앞과 옆을 믿는다 무지를 믿는다 가난도 자
유도 믿는다

모퉁이를 돌면 양파 수레가 휘뚤휘뚤 바람을 밀고

그 앞에서 양동이의 꽃들이 햇살을 밀고

그 옆에 해골이 영원을 민다

아무도 기다리지 않아도 광장은 넓고

아무도 그립지 않아도 엽서를 산다

배회 속에서 태어난 것들이 배회하는 동안, 그걸 사랑이
라고 부르기 위해 애쓰는 동안

한 해골이 봉지땅콩을 팔고 있다

타조 눈에 갇히다

숲으로 들어서지 못했다
밤의 숲은 중음천으로 가는 대문처럼 열려 있다
입구에 흰 손수건처럼 핀 수국이
어둠을 움푹하게 했다

완벽한 어둠은 눈알들로 빽빽했다
사막을 지나온, 희화(戲畫)를 보는, 타조떼 눈알들
그리운 숲이었지만
숲에 들지 못하고
암흑의 긴 손톱 앞에서 죄를 기억해낸다

막 육신을 벗은 영혼처럼 춥다
삶은 죽음의 외투, 죽음은 삶의 속옷이라고
구구단만큼 외웠지만
나는 단지 영악한 꼬맹이였던 걸까
된비알에서 이삭 줍던 양심이나 폐허의 품위를 믿던 기
다림은

한 번도 끼니가 되지 못한 걸까

평안, 토막끈이 된 마른 지렁이들
타협, 함부로 배치된 넋들
만원버스 납작한 타이어를 타고 어디까지 갔을까
어둠을 응시한다
아니, 응시당한다, 저 빽빽한 동공동공동공

내 등은 순수한 어둠인가 떼송장 같은 두려움에 밀려
숲을 기웃거리는 슬픔,
타조 한 마리
갸우뚱거린다 뚜룩뚜룩 마주 본다

하늘씨앗

두레박 타고 오르내리던, 천도복숭 익어가던, 재크의 콩
나무가 닿던

하늘, 이젠
인공위성으로 촘촘한, 감시하는 전파로 빽빽한, 손바닥
으로 급급 가리는

하여
민달팽아 네가 하늘이 되는 수밖에 없다
성냥개비야 네가 하늘이 되는 수밖에 없다
물그릇아 낡은 장화야 우리가 하늘이 되는 수밖에 없다

앞에서 밀면 뒤로, 뒤에서 밀면 앞으로 넘어져, 땅이 되
고, 오른쪽에서 밀면 왼쪽으로, 왼쪽에서 밀면 오른쪽으로
넘어져, 땅이 되고

땅이 되고 땅이 되고 땅이

되면
삼천대천 부처님 가득한 하늘이구나

패배자의 사랑을 기억하고 있는
매일 자빠져도 매일 하늘이 되는, 수북수북 공명(共鳴)하는
마늘밭아 빨래집게야

부탁한다
이 한밝의 깊이를, 적막을, 몰락을

단풍든다는 것은

내 슬픔보다 더 큰 슬픔과 마주 앉는 일

거미 먹은 개구리를 삼키는 왜가리 보듯

내 것보다 큰 당신의 기다림에 엎드리는 일

목불의 미소를 안고 항아리가 되어버린 승려를 기다리듯

당신보다 더 큰 너구리의 허기에 도착하는 일

수년 유충에 단 하루 허공을 노는 하루살이인 듯

너구리보다 큰 여뀌의 눈물로 살아 있는 일

신이 가장 잘 알아듣는 언어가 침묵*이듯

물든다는 건 모든 삐걱이는 슬픔에게 저벅저벅 돌아가

는 일

신발이 있든 없든, 햇빛이 보든 보지 않든,

가을이 오든 오지 않든,

---

* 고진하 시인의 글에서

선물

살아남으려 하지 않아도 살아남는다
죽으려하지 않아도 죽게 되어 있는 것처럼
온갖 비루를 걸쳐 입고 걷거나 악수한다 한 번씩 벗었다
가도
때 묻은 비루를 숭고하게 껴입는다
(광장이 밥그릇처럼 놓여 있다)

며칠 전 바람에 찢어진 나무 큰 가지
맨살을 드러내놓고 뺄셈 중이다
뺄셈은 고도의 수학
수평선이고 징검다리이며 우두커니 돌아보는 갈색말이다
(아니, 광장이 재떨이처럼 놓여 있다)

아무 계산하지 않아도
어린 송어들이 물그림자 파고들 듯
네 텅 빈 손바닥에 살아남은 것들이 모여들 것이다
그것이 선물이다

아무리 그래도 죽어서 사는 법이 있으니

어떤 긍정이나 어떤 오해도
그늘을 기른다
햇볕이 종일 번지는 까닭이다
햇볕 속을 고양이는 새처럼 걸어간다 새는 고양이처럼
앉는다
(아니, 광장이 이쑤시개처럼 놓여 있다)

살아남았으니, 살아남은 것들의 메아리가 된다
쫑긋거리며 벌름거리며

천수천안

공사장 뒷길 밥집 시멘트 담에
주욱 널린 면장갑
목련처럼 부풀며 봄 햇살을 매듭짓는다

거기, 까만 눈동자들 총총 고요로 돋아난다
손바닥마다 박힌 눈들, 깊다

쌀값, 병원비, 이잣돈
밤새 쇠기침에 시달리던 눈들, 눈들
새벽일 나온 애비 에미들의
필사적인 눈들, 눈들

태풍처럼 부릅떠도 흰밥처럼 착하기만 한 관음의 눈들

그래도 그러지 마라
국밥이라도 말아먹고 가라
소주 한 잔 적시고 가라

살아 있는 동안은 무조건 고마운 기라
간섭하는 손들, 손들

슬픔의 늑골 사이로 천천히 발효되는 산제사

쪽문 함바집
한 채 천수천안 관음보살이다

제3부

아직

층계참에 흩어진 호랑나비 날개
넘어진 하늘, 아직 찬란하다

어머니는 운동화 필통 주름치마를 외상으로 사주었다
늘 그랬다 아직도 꿈속에서 외상값을 갚는 어머니, 초등학
교 입학식 히말라야시다 옆에서 호랑무늬를 달고 있다 꿈
속 운동화가 아직 새 것이듯 엄마 날개는 아직 젊디 젊다

오래 전 잃어버린 단추, 오래 전 사라진 제단, 그 오래 전
닫힌 덧문, 언제나 희미한 암호, 동해남부선이 자귀나무가
되었다는 소문, 불규칙한 이별들, 이끼가 된 진실, 수천 생
에서 죽을 때마다 새잎 틔우던 것들, 것들, 호랑무늬가 진
하다 아직

먼지로 돌아가는 날개의 힘

사라진 詩

눈을 뜨는
순간, 송사리 떼처럼 화악 글자가 흩어졌다
'완벽한'이라는 수식어와 '는'과'라는 토씨만이
속눈썹에 걸려 달각거렸다
열이 많았고, 꿈의 철물점에서 시를 쓰던 중

흩어진 자음과 모음의 흰 알갱이들은 천정으로 스며들고
그물에 걸린 가시복어처럼
새벽안개에 끌려나온 몇 낱 국어들이 떨떠름해 한다
미안했다

밤나무 숲을 걸어 다니는 고슴도치나
앞발로 흙을 파고 뒷발로 흙을 밀어내는 두더지,
물뱀과 싸우는 땃쥐를 닮았을
동사와 명사들, 그물을 빠져나간
꿈속 어휘들
배고픈 소년 가슴팍에 싹을 틔우겠지

시는 언제나 환생의 그늘
매일 흰 양말을 쌍봉낙타에게 신기는 것

차라리 존엄해라 당당해라
결코 문장이 되지 않는 고통이여
혀끝으로 외워지지 않는 강이여 산이여 혁명의 공식이여
뽑지 않은 진검이여 몰락이여

망각의 변방에서
애벌레 한 마리, 첨탑을, 첨탑의 하늘을 밀고 있다

부러진 날개

안데스 기슭에서 출발한 자유일까 오래된 하느님 심부름이었을까

산골짝 이차선 도로 위, 날개 반쪽 떨어져 있다

반은 자동차 바퀴에 쓸렸으니, 깨진 비명 논두렁에 처박혔으니

달큰한 멀미 산그늘 풀어내는, 속닥속닥 뱀딸기 익어가는, 풀색 먼지 천지에 여울지는, 잠자리떼 가나다라 허공을 맴도는, 탱자 울타리 뾰족구두 덜걱이는, 시집 속 하찮은 정의를 닮아가는

저, 부지런한 슬픔들, 위에

메타포처럼 도착한 반쪽 날개

아무도 몰래 하늘이 지워졌다 아무도 몰래 숲이 사라졌다

차례차례 부서지는 깃털, 내 안에 살던 엉겅퀴일까 내가
버린 혁명일까

바람으로 일어서는 적막한 전언, 여기가 돌아오는 물목
이라

노을빛 아직 널찍한데 유달리 일쩍 뜬 태백성, 그 반쪽.

서랍의 진화(進化)

숨죽인 채 낡아가는
서랍들, 서랍 속 골목들, 가로등들, 모른 체 해온 것들

얼마나 오래 걸을 수 있나 얼마나 깊이 기다릴 수 있나
얼마나 흰 구름 닮을 수 있나 바위처럼 바위 속 봄날처럼
바위 속 낭떠러지처럼

냉장고 속 희망은 자꾸 새 냉장고만 만들고
회복불능 환자의 산소마스크를 빌린 이 시대의 사랑, 이
따금 제 정신 들어
거울을 보고 화장을 하고

잡동사니로 잘 닫혀지지 않는 서랍은, 가끔 이를 간다 자
꾸 여닫는 일상도 이를 간다 온 힘으로 사랑을 기억하는 중

기다리는, 오래 문드러진, 모른 체 해온 것들이 나를 민
다 나를 연다

뿌드득, 이를 간다

진화의 방정식은
열고 닫는 손에, 닫고 여는 기억에, 열고 닫는 용서에, 닫
고 여는 기침에 있다

바위는 구름이 된다 사랑은 늙은 서랍이 된다

물갈퀴

나이 탓인지 헛것처럼
물갈퀴가 자꾸 보입니다

새벽시장에서 표피 긁힌 무당개구리와 마주칩니다
버스에서 흰뺨오리 나를 건너다 봅니다
첩첩산중이 된 폐지 리어카도 물갈퀴 젓고 갑니다

걸음걸음 물비린내 납니다
날개가 있으면서도 숲에 살면서도
헤엄쳐야 합니다 잠수해야 합니다

물을 그러모으듯 제 시간 그러모으는 갈퀴들,
갈퀴질한 바람은 다시 갈퀴질로 들숨날숨을 키웁니다

영혼의 빙산을 가진 것들
지상에 머무는 동안 건너야 할 눈물골짝 깊어
갈퀴가 자랍니다

역에서 국밥집에서 뒷골목에서

성큼성큼 내 등을 찍고 가는 별의 발바닥들

울컥울컥 물자국 번지는, 석가모니 손에 있었다는 그 물

갈퀴

선명합니다

괴이합니다

마주잡는 손등마다 물갈퀴 단단합니다

빨래

신선동 산복도로 골목
햇발 번진 담벼락에, 옥상 파란 물통 옆에
빨래들이 정직하게,
사람보다 더 곰살맞게 살아갑니다

바지는 사람의 무릎보다 기특하고
셔츠는 그 가슴보다 지극합니다
환상을 지우고 지린 풍경을 덜어내고 한 잎 기적조차 털
어내고
제 속살 펼쳐내는 하루

기다릴 줄 알고 흔들릴 줄 아는
빨래의 공식은 뺄셈,
쪽바람에도
빛나는 남루입니다

매일 빨아 입는 슬픔도, 자주 빨아 입지 못하는 절망도

무심하고
절실하고
겸허하여

늙을 대로 늙은 작업복
무명 시편처럼 태연합니다, 슬멋 펄럭입니다
영혼이 살아가는 방식입니다

수족관에 들다

　슬픈 눈을 한 전사가 프레스코 벽화에서 걸어 나온다 녹
슨 창에 걸린 마야의 신전, 살아 있던 고통을 기억하는 건
고독하고 뜨거운 일이다 그의 아버지는 영도다리 밑 귀머
거리 점술사였다 아무도 예언을 믿지 않았다 버려진 예언
은 전부 발톱이 된다

　물고기 한 마리 지나간다
　반짝, 비늘꽃 하나 내려간다

　종종 발톱은 건들바람이 된다 바람은 낡은 버스처럼 덜
컹덜컹 떠났다 덜컹덜컹 돌아올 것이다 피곤한 눈꺼풀을
가진 기도는 콩꼬투리였다가 밥상 자반이었다가 별이 된
다 살아야 한다는 전설은 종점에 세운 팻말처럼 낡았다 유
리창으로 이어진 시간은 시큼하다

　물고기 한 마리 돌아온다
　반짝, 비늘꽃 하나 올라온다

기다림이 약이라고 믿는 건 고대인의 버릇, 그 버릇을 무술처럼 전수받은 21세기, 마야의 신전은 스마트폰 안에서 쭈글쭈글하다 발톱 멍든 전사는 매일 딸꾹질 같은 예언을 접는다 살아 있는 고통은 시간을 무화시킨다 인조 물풀 같은 희망이 아무리 자라지 않아도

파도가 인다
반짝, 거미줄에 걸린 심연

열쇠의 기원

검은 사마귀 한 마리, 암남포구에 도착한다

통통배 뱃전에 앉아 저녁하늘을 재구성한다

긴 앞발이 맞쳐든 세모꼴 머리가 니느웨의 예언자를 닮
았다

몰락하라, 모든 비틀거림은 영원히 비틀거려 온 것이니

아무데나 내던진 물음표가 캄캄한 데서 되돌아온 것일까

그 언제 잃어버린 열쇠, 까마득한 데서 굴러 나온 걸까

유라시아를 건너온 듯 안데스 벽화에서 졸다 온 듯

소금기 절은 통방울눈, 지구의 기억을 풀, 풀, 풀어놓고
있다

온힘으로 삼킨 수평선, 잿빛 노을로 풀, 풀, 풀려 나온다

검은 사마귀, 비틀거리는 바다를 괴고

당당하다, 복도가 긴 열쇠구멍이 보인다

노란 배

노란 종이배 하늘에 떴다
심해의 젖은 어둠을 싣고 환하다 꽃지는 틈새 그늘이 노
오랗다

까닥까닥, 수학여행 떠났던 배 한 척 능선을 따라 오른다

단촌이라는 역을 지나고 무릉이라는 역을 지나는 동안
해묵은 갈대밭에 노란 배가 도착한다
푸른 마늘밭에 노란 배가 출발한다

까닥까닥, 하늘로 올라 깜깜한 창문을 밀고 적막한 우주
로 나아간다

어떤 창을 두드려도 어떤 절망을 두드려도 답이 없는데
물거품마다 태산처럼 아득한데
우듬지마다 속속 등불처럼 피어나는 세월호

어디에도 닿지 못할 물마루 노오랗게 일어선다

봄빛 게우는 이팝나무 길을 따라
무중력의 아이들 돌아올 것 같았는지
물그림자 흔들던 갯버들 혼자 두근두근 잎눈 틔우는데

애들아 애들아
까닥까닥, 보이니, 보이니, 모둠발로 걷는 사월

단단한 구름

난 삼억 년 응축된 구름입니다
아파트 담벼락 민들레가 말했다
나도 삼억 년 응축되었지
줄장미 붉은 벽돌이 대꾸한다
나도 삼억 년은 되었어
그늘에 끼어 상추 팔던 할머니가 곁닫는다

맘모스 회색 눈과 마주친 적 있어요
수메르 소년이 쓴 쐐기문자 점토판 읽고 자랐지
낙동강 물앙금으로 오래 꿈꾸었어
민들레가 끔벅이고
벽돌이 웅얼거리고
할머니가 끄덕인다

어제 자살한 학생, 어디 가서 응축될까요
그제 죽은 비둘기, 말라비틀어진 수선화에 도착할까
도시에서 깨진 것들, 전부 단단한 바닥이 될 거야

저는 나였어요
저들도 나였지, 벙어리들
수런거린다 수런수런거린다 수런, 수런거린다

이거 얼마예요 구두 소리
천 원어치 상추 속에 캄캄하게 담기는 삼억 년의 파탄
검, 은, 봉, 지, 깊, 다,

소리 비늘

멀리서 듣는 이방인의 음성
아득한 원시 북소리로 울린다
괜스레 눈물 괸다
그가 살아 있고 나도 살아 있구나

살아 있는 것들은 서로 먼데서 도착한 안부들이다
모든 길은 기도(祈禱)가 만들어냈으니
물소리도 망치 소리도 원래 기도였으니
새 울음이 만든 구불텅한 하늘을 걷고 걸어
마침내 귀에 닿는,
나를 지상의 모퉁이에 살아 있도록 그려내는
저 숟가락 같은 발언들

몇 이랑 텃밭 푯돌이 되어
메마른 분수대를 지키는 마디풀 되어
문턱에서 마르는 아기 운동화가 되어
허공에 다리를 놓는 노인의 늙은 하모니카가 되어

두런거린다

보이지 않는 소리 비늘이 서로의 빛깔을 만들고 있으니

당신도 나도 원래

아즈텍에서 태양신을 낳던 여신이었다

어디선가 누군가 또 출발했으리라

멀리서 듣는 이방인의 목청에

까닭 없이 감동한다

그 안부로 살아갈 것이기에, 다시 걸어갈 것이기에

옥상의 스핑크스

쓸쓸한 분노도 그예 쭉정이고 말 때 옥상으로 간다
깃발이 걸레만 할 때 슬리퍼를 끌고 옥상으로 간다
마침내 당도한 듯

항해, 나침반, 자유 등의 단어가 새로울 때
단어들이 낯설 때도 녹슨 난간 붙들고 옥상으로 간다
마침내 출발한 듯

늙은 세발자전거가 신전의 마차처럼 놓인
옥상에선 모든 광장이 밥그릇만해진다 밀실도 밥솥이
된다
북두칠성과 상추화분이 함께 논다

부산 산복도로엔 무럭무럭 옥상이 자란다
옥상은 밥풀 묻은 피라밋, 눈물 넘치는 스핑크스가 바다
를 기른다
동해와 남해를 새푸르게 풀어 놓는다

사랑이 천천히 저물 때 옥상으로 간다
철학사전도 예언서도 거품이 될 때 옥상으로 간다
마침내 잊혀진 듯

거기서 빨래를 넌다 상춧잎을 뜯는다

루트

갓난고양이 루트가 죽었다 십 센티 몸뚱이를 절간인 듯
두고 떠났다

금요일 밤, 탯줄을 단채 어미를 놓쳤다 하필 시멘트 틈이
었고 하필 장마철이었다 밤새 비가 내렸고 새벽엔 천둥이
쳤다 쉬지 않고 울었다

토요일 아침, 목쉰 비명을 꺼내 동물병원에 갔다 분유 몇
방울에 방귀 뀌고 잠이 들었다 이름을 루트라 지었다

일요일 종일, 방울방울 분유를 먹고 자다 깨고 자다 깬다
눈도 못 뜬 채 바구니를 기어오른다 기특하다 언젠가 꼬리
를 제왕처럼 늘어뜨리겠지 좀 자라면 별명도 지어줄게

월요일 아침, 한번 뜨지도 못한 눈을 감았다 3박4일, 지
구를 떠난다 출근하는 것처럼 복잡한 공식을 간단히 푸는
것처럼

오랜 스승 다녀가는 것처럼 너도 눈 못 뜬 갓난이라 말하
러온 것처럼 지옥 골짜기를 다녀가는 단테처럼 모든 숫자

를 보듬는 기호처럼

우주를 받치던 따뜻한 지렛돌, 돌돌 굴러, 저만치 간다

天命

발목이 휘었네요 신발이 바깥으로 닳죠 무릎통증도 고관
절도 편두통도 다 그래서지요 왜 그렇긴요 잘못 걸어온 탓이
죠 어쩌긴요 아무리 길이 험해도 걸음은 바로 잡아야죠

내 안의 아기가 요청한다 기억해, 기억에 응답해, 삭은
가래가 된 꿈은 뱉어, 서는 법을 다시 시작해

다시, 다시란다 오십을 넘은지 한참인데, 천명, 걷는 법을
기억해낸다 앉는 법도 떠올려본다 잠자는, 똥누는, 배밀이,
옹알이하는 법까지, 엉금엉금 두꺼비가 기어나온다

기억해 기억에 응답해 꽃이 꽃인 이유는 씨앗을 기억하
기 때문, 뼈와 살로 사는 법 다시 시작해

기억은 통증으로 온다
통증은 걷는 법을 전수하는 하늘의 바느질

자꾸 비틀거린다 천명은 결코 고요하지 않다 아기야, 한
번만 더

뒤꿈치에 체중을 싣구 무릎은 구부려요 엉덩이는 내밀
구 배꼽은 당기구 등은 내려요 어깨 힘을 빼요 가슴은 열
구요 고개는 아래로, 그렇게 하믄 안돼요 아이참, 이렇게요
원래 태어났을 때처럼요

제
4
부

주인

무청시래기, 햇살을 꼬며 빈 암자를 지킨다

주둥이 풀린 양파자루, 금간 대야, 홀로 핀 수선화를 지킨다

옹색한 부처를 이해하는 보살보다 기적을 기대하지 않는 주지보다

퍼질러 앉아 당당한 것들, 산사의 고요를 알처럼 품었다

흘러오던 물소리, 흘러가며 봇도랑을 지킨다

며칠 째 바람을 물고 당기던 산벚나무, 종일 고무슬리퍼를 지키고 있다

번갯불 가지고 다닌다는 금강역사가 따로 없다

환한 遺産

'일어나 달님에게 절해라'
나직한 목소리에, 꾸던 꿈 억지로 부축해 일어난다

하늘을 꽉 채운, 쪽문 문턱까지 내려와 기다리는 보름달
때 묻은 벽지 사방무늬가 고요하다

남편을 원양어선에 태워 보내고 밤마다 네 남매 스웨터
를 짜던 엄마는
  달이 골목을 비집고 들어올 때마다 아홉 살 딸을 자꾸 깨
웠다

도둑괭이 키우던 늙은 담벼락이 흰눈 내린 듯 눈 시렸다
산동네 진즉 떠났는데, 아홉 살을 몇 거푸 넘겼는데

아직도 울울(鬱鬱)한 보름달 숨소리
늘 작기만 하던 밥그릇이 저리, 환하구나

절하고 와서 꾸던 꿈을 마저 꾸었다

아직 꾸는 중이다

바닷달팽이

늙은 달팽이들 힘겹게 버스에 오른다
매달린 집도 삐딱하니 늙었다
공동어시장 충무동 새벽시장 자갈치시장, 남항(南港)의
비린 터널을 통과하는 30번 버스 안

닳은 관절로 끌고 온 검은 봉지들
비릿한 아침을 물컥물컥 쏟아낸다
온몸 발이 되어
엉금엉금 경사진 하늘을 끌고 가는 비린 몸빼들

수직을 잊은 지 오래
하지만 쥐라기의 사랑을 잊지 않았으니

비늘로 된 집을 지고 초록 신호등 매일 기다리면서
시계집 정확당 철물점 대성건재 명성약국 차례로 지나
면서
낯익은 지옥도 낯선 천국도 허공처럼 걸어

구부러지고 또 구부러진 몸

한 번도 배우지 못한 하늘의 섭리를 국밥처럼 먹는
떠난 자식 잊힌 안부를 슬리퍼처럼 끄는
저 수학적 기울기
비릿한 점액질에 묻어나는 비밀, 투명하다

무수한 찰나를 미끄러져
우리 앞에 닿은 별똥별

점,점,점,점

안개비는 어디서 시작됐을까
孤, 束, 道, 露

산더미 배추트럭이 내달린다 탱크로리가 추월한다 이삿
짐 용달도 앞지른다 언제 올라탔을까 딱지로 붙은 단풍잎
한 장 깜박깜박, 붉은 신호등이다 안인가 밖인가 속력에 기
댄 저 속력들, 그러다

딱,
마주치고 말았다 1톤 트럭에 실려 가는
송아지 금빛 눈동자, 그 속으로

25톤 높다란 동태박스가 질주한다 레미콘을 지나친다
관광버스가 스쳐간다 창가에 어룽대는 눈빛들 펄럭펄럭
넘긴다 물살이 깊다, 쏟아지는 꿈, 그 날카로운 주파수를
타고, 배달되는

절,

벽,

들,

어디로 팔려가는 중일까 나는

점,점,점,점

고목

삼백다섯 살, 참죽나무는 뿌리에서 퍼올린 기억을 물들
인다

삼백다섯 살 된 나뭇잎들이 떠나고 있다

단풍은 그의 버릇이다

떠나는 버릇, 돌아오는 버릇, 약속하는 버릇, 약속을 잊는
버릇, 적막할 때마다 서랍을 뒤지는 버릇, 갈비뼈를 긁는
버릇, 허공에 신발 소리를 남기는 버릇, 하늘문고리를 당기
는 버릇,

잎맥에 저장했던 산그늘도 비늘구름도 온힘으로 붉다

알을 슬었던 비극들, 실컷 그리워하고 난 뒤에야
삼백여섯 살 아침밥을 지을 그는

수천 수백 타래행성을 몰래 키우는 중

겨울안개

단추를 푸는 허공, 깊다, 길다, 뒤켠으로 꽃피는 도시가
가깝다는데 안개의 문을 여니 다시 안개문, 안개담을 돌아
서니 첩첩 안개담 높다 백발된 태양이 돌아보는 그곳에 편
지를 부치곤 한다

평안하신지요 내내 건강하소서

떠나는 중인가 다가오는 걸음인가 설핏한 인연들, 쿨럭
쿨럭 안개 한 벌 외투로 걸쳤구나 흰민들레 피울 안개의 홀
씨들 단단한 발톱들이여 오래 돌아오는 바퀴들이여 덜컹
이는 애인들이여

먼 산 하나 잉태하였구나

나도 안개 너머 걸린 모자이니 안개와 함께 사라지는 한
칸 방일 테니 즈런즈런 돌아갈 그 늦된 사랑일 터이니, 안
개를 떠나 안개에 닿아 밥물 같은 안개를 낳는다 한 장 편

지를 받는다

내내 건강하소서 그립습니다

자, 저 풍화를 견디자

휘파람

맨발로 시장통 공중화장실 가는 꿈을 꾸었다
문턱도 없고 더럽지도 않고
앞산이 쪽창으로 유쾌하게 들어왔다

한 칸 더 들어간 꿈에
얼굴이 아니라 맨발만 기억나는 한 시인을 만나 맨발 이
야기를 한다
국수 한 그릇 나눈 적 없는 노시인이 정말 재밌단다

한 칸 더 들어간 꿈에
배타고 영도다리 밑을 지나간다
베개 업은 토끼머리 계집애 맨발에 꽃밥 짓느라 여념 없다

깨고 나니
풍덩, 선창 비린내, 몸 안에 빈자리가 생겼다, 휘파람이
된다

한순간 다녀온 내 몸의 선사시대
맨발이 가장 튼튼한 신발이다

왼손잡이의 낫

뚝새풀을 벤다 가시여뀌를 벤다

자루도 남들처럼 쥐었는데
날 벼르길 꿈꿈마다 꽃꽃마다였는데
시퍼런 풀살에 손만 다친다

오른손잡이 내 안에 왼손만 쓰는
유치한 족속들이 산다
기억은 나는데 도무지 알 수 없는 얼굴처럼
괜찮은 것들을 괜찮지 않게 만드는,
미끄럼틀을 날개라고 부르는 두 살배기 국어처럼
괜찮지 않는데 괜찮은,

문장들
짐승들

더부살이와 이방을 자청한 왼손잡이들

어줍다

오른손으로 밥 먹다 낫을 쥘 땐 왜 자꾸 왼손에만 쥐는지

시 쓸 때, 사랑할 땐 그예 왼손잡이가 되고 마는지

최악을 훈련하는 허방 속에서

자유는 아무리 애를 써도 시원찮은 벽돌공

사랑은 끌어안고 끌어안아도 섭섭한 유령

뚝새풀이 자란다 가시여뀌가 자란다

중고의자

늙은 당나귀처럼 세상의 소리를 삼키고 있다

도무지 존경스럽지 않는 노후
앉았던 사람 뱃속마다 왈강대던 아우성을 기억하는지

먼지 털면 드러나는 소리, 소리의 나이테
부스럼투성이 노쇠한 귀

사막 저편 고대왕국의 굽다리 토기조각처럼
다시 서럽고 튼튼한 기억이 되어주려는지

오래 기다린 사람, 기다림을 잊듯, 병신 같은 손길로

좌천동 시장, 의자가 나를 고른다
한참 실랑이하다 의자, 만 오천 원에 나를 산다

내 안의 소리들, 우두둑 일어선다

꽃잎 감염

올해 처음 핀 거라며 선물 받은 라일락 꽃잎 네 개

보랏빛 마스카라 깜박인다 보라바람 풀럭인다

도시락에 놓은 한 잎 놓으니 괜히 겨드랑이가 가렵다

국어사전에 끼워 넣은 한 잎, 중독된 단어들이 풋풋해진다

엽서에 부친 한 잎, 문둥아, 고맙다, 친구가 키득거린다

송도 앞바다에 한 잎 띄운다, 온 세상이 한참 가렵겠다

극락전

벙어리 아줌마가 꾸리던
붕어빵 수레 며칠째 닫혔다
벽돌 하나로 눌러놓은 포장을
다솔사 극락전을 다녀온 바람이 자꾸 들춘다

궁색한 살림 끌어안은 주홍 천막
붕어틀에 담기던 환상을 기억하는지 이 악물고 추스린다
이를 악문 주인의 無心을 배웠는지

고무슬리퍼 하나로 밀고 온 그 수레 안에서
모든 환상은 붕어빵이다
매일 교정되고 매일 환생하던
선명한 비늘과 뜨거운 지느러미를 지닌 부처님들
풍덩풍덩, 혓바늘 돋은 채 운명을 날아오른다

풍경 울리는 바람을 다시 다솔사 골짜기로 돌려보내는
천막

천년을 견딘 기왓장 하나
수레 천정에서 툭, 떨어진다

흰여울길*

아침바다는 온통 까치발 까치발이다

단칸방에 조롱조롱하던 뒤꿈치들
구멍 난 양말에 쩔레잎처럼 돋아나던 발가락들
용왕께 빌 때마다 드러나던 뚝살들

앞바다 푸른 이랑이 되었다

쓸모없는 기도들도
길고양이 발톱처럼 지붕과 지붕을 타고 고무대야와 공
동변소를 넘어
바다 깨우는 부랑의 맨발로 총, 총, 일어선다

잘 감춰둔 맨발이었는데 아무도 못 본 줄 알았는데

설익은 풋사과를 씹던 가난도
담벼락에 기대 발목 세우던 배고픈 자유도

산비탈 굴러 먼, 먼 뱃길을 낳았구나

종일 제자리 흘러 심해를 이루는, 까치발 까치발
영도를 기르고 있다

---

* 영도 영선동 산비탈 바닷길

입춘 바깥

촛불 세 개를 켜둔 채 그 방을 나온다

화병과 창문과 식은 밥을 위해
늙은 주전자와 체 게바라 평전을 위해

잠시면 촛불은 사그라들 테지
세 개 불빛이 밝히던
먼 일도 가까운 일도 누룽지처럼 가라앉겠구나

내 죽음도 그렇게
촛불을 켜두고 방을 비우는 일

오련한 빛이 나보다 조금 더 남아 있는 따뜻한 자리
막 태어난 고흐가 푸른 터치를 시작하느니

방이 사람을 잊어가는 동안
사람도 방을 잊어가리니

낙타 뼈 위에 기록된 예언이

성실히 돌아오듯이 잠잠히 지나가듯이

노자

종점 한 구역 전에 타서 종점 한 구역 전에 내리는 청소
부 김 씨 급정거에도, 잠을 깨지 않습니다 마흔일곱 개 정
류소를 하루 두 번 흐르면서도
한 자리에 서 있는 꽝꽝나무입니다

사이,
신호등과 횡단보도들, 식당과 가구점들, 들, 들, 은행과
병원들, 입구들과 출구들, 타는, 내리는 사람들, 들, 들, 들,
모자라는 슬픔과 남는 빵들, 환한 것과 어두운 것 틈으로
스민, 들, 들, 들

사이로,
아무리 버스가 휘청거려도, 꿈쩍 않는 산등성이 김 씨 네
계절을 한 개 낡은 빗자루로 뒤척이면서도, 타기 전에 한두
명 타고 있고 내리기 전에 꼭 한두 명 남아 있는, 변두리
무위로 휘돌아갑니다

늙어 청소일도 곧 떨어질 참인데 단풍도 저리 쩔쩔매는
데 한 번도 잠을 깬 적이 없는 듯 한 번도 잠든 적이 없는
듯, 삶이라는 역병을 온몸에 뒤집어쓴 채 그냥 덜컹덜컹 여
울지는

한 그루 꽝꽝나무입니다

햇빛받이

산만대이* 신선동
열두 집 공동변소가 있는 골목쟁이 모티,*
구멍 숭숭한 담빼락에 쪼글시고 앉아
말가이 고이는 거싯물 뱉아내곤 했어예

속눈썹 떨리는 거맨치로 사금파리들이 반짝였지예
하늘은 막내를 업었던 파란색 두디기*같았어예

그때부터 버릇됐나봐예 돌삐*맨작거리며
혼자 꿈꾸는 거, 몰래 기다리는 거
무신 낯신 별들이 놀고 있나 햇빛 빼닫이*마다 열어보는 거
꾸룩꾸룩 멧비둘기 삼키는 기 천둥이라 믿는 거

자시* 치다보믄 동글배이 빛방울마다
새그라븐* 풀꽃들 무디기로 피었지예
 그 갈래 헤집으며 어무이도 기다리고 새 운동화도 기다
리믄서

막내 업은 아홉 살 지집애는 쪼매썩 시건*이 들어간기라예

우짜든동 기다리는 거, 단디 기다리는 거
그기 꽃피우는 심*이라고
햇볕 실타래를 헤작질하문서 배운기라예

---

* 산만대이: 산꼭대기
* 모티: 모퉁이
* 두디기: 포대기
* 돌삐: 돌멩이
* 빼닫이: 서랍
* 자시: 자세히
* 새그라븐: 새콤한
* 시건: 철
* 심: 힘

민들레 씨앗

하얀 지붕이 비탈을 오르고 있다
옥탑방이 골목을 오르고 있다

발톱을 세우고
솜털을 세우고
기억을 세우고
세울 수 있는 건 모두 깃발이 되어
먼데를 바라본다

제목 긴 절망이, 송장 같은 캄캄한 유언이 등잔불처럼 말
갛게 켜지면서 날개를 단다

─사람을 찾아가자

아무도 몰래 북극성을 꺼내보는 운수납자들
마음 놓고 길을 잃는다

발문·시인의 말

뒷모습을 위하여

한창훈 소설가

이놈의 세상엔 사람들 참 많다. 그렇지 않은가. 당장 문 열고 나가보면 엄청난 수의 사람들이 끊임없이 지나간다. 어느 정도 거리를 두고 바라보면 그저 그런, 고만고만한 갑남을녀, 가갸거겨 들이다. 그런데 아무나 한 명 붙들고 확대경으로 들여다보면 느닷없는 정보가, 기가 막힌 사연에 생각지도 못한 질병까지 들어있다. 이래서 나는 니체의 '무덤 하나마다 세계사 한 편씩' 이라는 말과 '사람은 멀리서 보면 희극이지만 가까이서 보면 비극이다' 라고 한 찰리 채플린의 발언을 신뢰한다.

김수우. 시인이자 사진작가이다. 그러나 이것도 그동안 쓴 책이나 사진집을 통해서나 알 수 있다. 나머지는 잘 모른다. 그녀는 베일에 쌓여 있다. 베일에 쌓여 있다는 표현은 존재에 대한 비유이면서 외형 묘사이기도 하다. 볼 때마다 기다란 천 같은 것으로 몸을 칭칭 감고 있으니까. 어떤 때는 이불을 제외한 모든 것을 둘둘 감고 나온 것처럼 보이기도 한다. 쓰고 남은 커튼 같은 거 말이다. 그래서 이국적으로 보인다.

그렇게 천을 감은 채 앉아 있는 옆모습은 국내와 국외가 혼재된 여인네로 보인다. 사실이 그렇다.

나는 십여 년 전 대전에서 그녀를 처음 봤다. 이강산 시인이 소개를 해주었다. 전반적으로 수수하면서 우아했는데 그때도 뭘 둘둘 감고 있었다. 경상도 말을 쓰며 잘 웃기는 하지만 사람들에게 어느 정도 이상의 거리를 허용하지는 않는 스타일, 로 기억된다.

이강산 시인의 설명을 듣고 나는 좀 놀랐다. 뜻밖에도, 사하라 사막에서 오랫동안 살다 귀국했단다. 스페인 말도 잘한단다. 벌써 이국적이다. 근데 뭐, 스페인어 잘해서 뭐. 시인 소설가들끼리 만나 놀 때 스페인어 쓸 일이 어디 있겠는가. 스페인, 하면 플라맹고의 정열적인 춤과 음악이 떠오른다. 요리와 축구, 투우까지. 그녀는 혼자 중얼거리는 버릇이 있기는 하지만 나서서 스페인 노래를 하거나 춤을 추지는 않았다. 공도 안 차고 소싸움은 더더욱 안 했다.

십여 년이 지난 지금도 김수우 시인에 대해서 알기는 쉽지 않다. 우선 한국에 별로 없다. 어쩌다 통화를 하거나 소식을 들어도 대부분 다른 곳이다. 우리나라 이곳저곳이 아니다. 국제적이다. 당장, 최근에는 쿠바에서 머물다가 돌아왔다. 그렇다면 잠깐만, 요 몇 년 동안 그녀가 간 곳을 살펴보자.

인도 세 번. 중국 세 번. 이집트, 라다크, 파키스탄 북부에서 파미르고원 넘어 중국 카슈가르 까지 잇는 카라코람 하이웨이를 다녀왔고 티베트 카일라스(수미산) 또한 들렀으며 네팔 쪽 히말라야도 빼놓지 않았다. 그리고 쿠바에 머물다가 멕시코, 과테말라, 파나마, 페루, 콜롬비아 같은 곳을, 보통 사람은 한 번도 못 가본 곳을 두루 거치고 돌아왔다.

뭐한다고 이렇게 돌아다녔을까. 혹시 스파이 아닐까?

물론, 아무리 범시구적인 말을 시녔다 하더라도 꼬마 때부터 외국을 다니지 않았다. 스스로 밝힌 바에 따르면 부산 영도 산복도로 비탈에서 나고 자랐다. 초등학교 시절 빌리거나 훔친 책으로 비굴한 독서를 했으며 중학교 때 상담교사로부터 '무분별한 독서로 인한 정서장애'라는 진단을 받고 학교와 가정 양쪽으로부터 책만 들면 매를 맞는, 참으로 이상한 성장기를 거친다. 어떻게? 이렇게.

'일어나 달님에게 절해라'
나직한 목소리에, 꾸던 꿈 억지로 부축해 일어난다

하늘을 꽉 채운, 쪽문 문턱까지 내려와 기다리는 보름달
때 묻은 벽지 사방무늬가 고요하다

남편을 원양어선에 태워 보내고 밤마다 네 남매 스웨터를 짜던 엄마는
달이 골목을 비집고 들어올 때마다 아홉 살 딸을 자꾸 깨웠다

　　　　　　　　　　　　　　　　　　「환한 遺産」 부분

어머니는 운동화 필통 주름치마를 외상으로 사주었다 늘 그랬다 아직도
꿈속에서 외상값을 갚는 어머니

　　　　　　　　　　　　　　　　　　「아직」 부분

단칸방에 조롱조롱하던 뒤꿈치들
구멍 난 양말에 찔레잎처럼 돋아나던 발가락들

　　　　　　　　　　　　　　　　　　「흰여울길」 부분

심지어는 이런 풍경도 그 시절부터 보기 시작했다.

> 빨래 널어놓고 바다를 한참 바라보던 할머니 뒷모습
> 봉창을 가로지르는 테이프 자국
> 문득 도깨비가 되어 건둥거릴 것 같은 터주항아리
> 사물함에서 하루하루 젊어지는 먼지들
> 고도를 기다리는 한 그루 나무

> 다가옴과 물러남 사이, 접시와 고등어 사이, 별로와 대단의 사이, 돌무덤과 극락 사이, 노숙과 신문지 사이, 텔레비전과 사막 사이, 별안간과 지루함 사이, 표지와 제목 사이, 사이의 모든 사이에서
> 　　　　　　　　　　　　　　　　　　　　_「반달의 탈각」부분

이런 감각, 기억을 가지고 있었기에 그 이상한 정서장애는 훼손되지 않은 채 발전하여 부산진여상 문예부장을 역임하게 된다(그게 유일한 자랑거리라고 고백한 적이 있다). 그 시절을 싸잡아 정리하면 죽음의 문제에 대한 고민에 빠져 개똥철학을 기초로 한 다음 가톨릭, 불교, 개신교 등을 나름 전전한 것이다. 쓸데없이.

거기까지는 그렇다 치자. 말했듯이 웬만하면 그 정도 짓거리로 성장들 했으니까. 다만 시작은 화려하나 끝이 시르죽을 뿐이다. 그런데 김수우 시인은 영혼의 진화를 위한 본격적인 발걸음을 시작한다. 이른바 지구별 행보. 23살 때부터. 그 행보의 결정적인 역할은 아버지였다. 세상에 태어나게 한 것을 넘어 삶의 형태까지 그어준 아버지. 아버지는 원양어선 기관장이셨다.

선고처럼 붙어 있는 머리맡 사진
동생들과 내가 유채꽃밭에서 웃고 있다

그 웃음 속에서 아버진 삶을 집행했다
깊이 내리고 오래 끌고 높이 추어올리던 그물과 그물들, 그물코 안에 아
버지 방이 있었다 기관실 복도 끝 비린 방, 종이배를 잘 접던 일곱 살 눈에도
따개비보다 벼랑진 방

평생이었다 고깃길 따라 삐걱대던, 기름내 질척한 유한의 방에서 아버진
무한의 방이 되었다
여섯 식구 하루에 수십 번씩 열고 닫는

육지에 닿은 후 이십 년이 넘도록 그 방을 괴고 있는지
스무 명 대가족 사진 속 소복소복 핀 미소에서 어둑한 방 하나 흔들린다

팔순 아버지의 녹슨 방, 쓸고 닦고 꽃병을 놓아도 아직 비리다 아무리 행
복한 사진을 걸어도
생이 얼마나 쩐내 나는 방인지 겨우 눈치챘다

파도,
내가 집행한 푸른 아버지

_「파도의 방」 전문

인생은 우연이 필연처럼 보이게 되는 과정이다. 당시 아버지는 아프

리카 대륙 북서쪽 인근 대서양에서 조업 중이었다. 어느 날 라스팔마스로 이동을 하려는데 같은 회사 소속 청년 하나가 편승을 하게 된다. 서사하라 사막에서 모래폭풍이 일어 비행기가 안 떴기 때문이다. 청년의 공식 직책은 어업기술보조. 하지만 경비정이 출동하면 선박들에게 알리는, 약간 거시기한, 이를테면 남자들이 군대에서 줄곧 해왔던, 지금도 공무원이나 회사나 학교에서도 흔히들 하고 있는, 이른바 떴다, 고 알려주는 짓이 본 업무였다, 고 한다.

한 배를 탄다는 것은 운명공동체가 되는 것을 의미한다. 그게 차나 비행기와는 다르다. 오랜 시간 파도치는 바다를 같이 항해하는 행위가 그렇게 만든다. 아버지는 청년을 보며 한국에 두고 온 딸을 떠올렸다. 둘은 이야기를 주고받다가 '어떤가, 내 딸.' '좋습니다, 저는 어떻습니까?' '나도 좋네.' 이런 결론을 맺는다. 당사자하고는 아무 상관없이.

암튼 그 청년은 한국에 와서 기관장님 따님을 만났다. 딸은 아버지의 의견을 존중했다. 그렇게 맞선을 치르고 달랑 일회의 데이트를 거친 다음 결혼식을 올린다(이 대목에서 만난 지 세 번 만에 같이 잠을 잤다고 나에게 놀림을 당하곤 하는데, 아무래도 그렇지, 마음에 안 들었으면 그렇게 되겠는가, 어디).

그러니까 그녀의 첫 번째 행로는 먼저 떠난 남편을 찾아 지구 반대편으로 날아가는 것. 어디로? 사하라 사막으로. 사막이 다 너네 집인가, 이런 질문 가능하다. 그래서 대답한다. 모리타니 공화국의 누아디브라는 도시. 말해봤자 아무 소용없는, 듣도 보도 못한 곳이지만 그곳에서 2년 여를 지낸다.

하늘이 사람을 낼 때 너는 교사가 되라, 노동자가 되어라, 그냥 놀아라, 뭐 이렇게 정해준다고 치면 그녀에게는 세상을 돌아다녀라, 이렇게 운명 지어주었을 것이다. 그래서 지금의 김수우 시인은 자신의 북카

페에서 단아한 자세로 곱게 차를 따르고 있지만 언제라도 저 먼 곳으로 갈 준비가 늘 되어 있는 듯하다.

재작년 여름 그녀가 쿠바로 갈 때 나는 북극해로 출발했다. 이거 말로만 한다면 아주 근사한 존재 같지만 나는 두 달 동안 꽁꽁 얼어서 왔다. 그녀가 부러웠던 이유이다. 남의 빵은 확실히 크다. 북극해보다 나는 에메랄드 빛(그렇게 들었다) 카리브 해를 보고 싶었다. 쿠바라는 나라가 주는 이미지가 있다. 이를테면 혁명, 체 게바라, 자유, 느긋함, 완전 무료 의료혜택 같은 매력은 물론이거니와 야자수 잎으로 만든 집, 칵테일, 그리고 빔 벤더스 감독이 뿅 가서 자신의 영화 〈파리 텍사스〉사운드로 썼던 음악(내 기억에 그는 쿠바 길거리 술집에서 음악을 듣고 반했다고 한다)을 들으며 (솔직하게 말해보면) 그곳 여인네 얼굴도 한번 보고 싶기도 했던 것이다. 내가 아는 스페인어라고는 부에노스 디아스(좋은 아침), 요 소이 노벨리스타(전 소설가입니다) 정도 밖에 없지만 말이다. 북극해는 그런 거 하나도 없었다. 그저 얼음뿐이었다. 지구 반대편을 가도 그녀와 나는 이렇게 팔자가 갈렸다.

생텍쥐페리가 어린 왕자를 만났던 사막에서 그녀는 아들을 낳았다. 어떤 게 더 의미 있는지 경중을 가리기 어렵다. 둘 다 소중하니까. 생텍쥐페리가 목이 말랐던 것처럼 임산부는 입덧이 심했다. 생 무가 먹고 싶었다. 그런데 그녀의 집은 누아디브에서 유일한 한국가정이었다. 어디서 무를 구할 것인가. 입덧은 남편을 능력자로 만들어 낸다. 그는 대서양 앞바다에서 조업하는 모든 한국 원양어선들에게 무선을 때렸다.

"생 무 있는가, 생 무가 급히 필요하다. 오버."

무가 없다보니 선박들끼리도 무선을 주고받았다. 그러다 한 배에서 대답이 왔다.

"생 무는 없지만 대신 깍두기는 있다, 오버."

열흘 만에 식탁에 깍두기가 놓였다. 양파로 김치를 담아먹던 상황이 니 그녀의 감동은 짐작이 되고도 남는다. 깍두기를 갖고 있지 못했던 선원들은 복숭아나 다른 과일들을 보내왔다. 지들이 아빠도 아니면서.

'그들이 누구인지 모른다. 그때나 지금이나 연락 닿은 적이 없다. 그들은 모두 어디에 있을까. 그렇게 하나의 생명이 기적으로 태어나는 데는 보이지 않는 많은 사랑들이 출렁거린다' 고 그녀는 일전에 나온 산문집 『당신은 나의 기적입니다』에 밝혀놓았다.

아이를 낳고 나서 사막을 바라보는 눈이 깊어졌다. 그렇지 않겠는가. 사람을 하나 새로 만들었는데. 그러니까 아이는 어디에서 왔는가 부터 시작해서 모래는 어디서 왔을까, 사막은 한때 숲이었고 그 숲의 시절 전에는 바다였다는데… 이렇게 존재의 시원을 찾기 시작한 것이다.

아마 거기서부터 본격적인 시작(詩作)과 사진 작업은 시작되었을 것이다. 한 컷 한 컷 사진 찍고 감상을 기록하며 시 한편 완성하기 위해 깊은 밤까지 끙끙대는 것은 모두 자신의 존재에 대한 궁금증에서 시작되는 것이니까. 나를 알기 위해서는 먼저 타인을 알아야 하는 것이니까.

장미를 두고 온 어린왕자는 소행성 B612로 돌아가고 생텍쥐페리도 새로운 비행을 시작한 것처럼 그녀는 이사를 한다. 스페인령 카나리아 제도 라스팔마스로 가서 10년 가까이 지낸다. 아시다시피(모르실라나?) 라스팔마스는 우리나라 원양어업 기지이다. 그곳에서 원양어선 선원들의 삶과 그곳까지 밀려온 교포들의 인생을 바라보게 된다. 그곳을 본거지로 두고 유럽을 싸돌아다닌다. 유럽 땅 곳곳 그녀 신발이 안 닿은 곳이 없다. 그리고 여행의 끝은 돌아오는 것.

35살 귀국. 일단 대전에 정착한다(남편이 충청남도 보령 사람이다). 강의도 나가고 책을 내고 하다가 부산으로 되돌아왔으며 그 사이에도 세상 이곳저곳 더 돌아다니다가 지금에 이른 것이다.

"모르겠어요. 어떻게 살았는지… 그냥 흘러온 느낌이고 또 그냥 흘러갈 것 같은 느낌이기도 하고."

숱한 이동에 대해 내가 질문했을 때 했던 대답이다. 하긴 이것 말고 어떤 대답이 또 있겠는가. 그것은 이미 깊어졌다는 소리이다. 우리는 죽음 직전에 삶을 돌아보고 고개 한번 끄덕이는 것이 목표이다. 그렇지 않은가. 그래서 이랬던 거군, 이 소박하면서 분명한 깨달음 하나 얻으면 죽은 다음 아주 작은 조각으로 해체되어 세상 구석구석으로 흩어지는 것을 받아들일 수 있다.

그녀는 이제 북카페 〈백년어서원〉에서 물고기를 키우고 있다. 부산 원도심 골목 동광동에 있다. 그곳에 가보면 물고기들이 떼를 지어 어딘가로 가고 있는 벽이 있다. 알만 한 사람들 이름을 하나씩 달고 있는 나무 물고기들이다.

어차피 우리 인생은, 사흘 동안 방구석에서 맹하게 처박혀 있다하더라도, 어딘가로 가고 있는 것이다. 우리가 가야 그 다음 것들이 온다. 행어(行魚)들이다. 행어는 멸치의 다른 이름이기도 하다. 혼자서는 겁나고 쓸쓸해서 멸치는 떼를 지어 이동한다. 우리가 그러하듯이.

나무 물고기들은 각각의 주인(이라기보다는 이름 붙인 이들의 상징이자 상관물인데)에 의해 그녀가 위탁 관리를 맡고 있다. 관리를 맡긴 이들은 한번씩 찾아가 자신의 또 다른 자아를 만난다. 그동안 어디로, 어느 정도 흘러갔는지 확인한다.

143

내 것은 없다. 나야 날마다 살아 있는 물고기를 잡아 죽이고 먹어 치우는 팔자라 그런 거 갖고 있기가 어색하고 부끄럽다. 대신 그물에 걸려 올라온 철갑둥어 한 마리를 맡겼다. 황금색에 마름모꼴 까만 줄무늬가 있는 물고기이다. 물론 김수우 시인은 자신이 선물 받은 거라고 여긴다. 그리고 이렇게 썼다.

철갑둥어 등신불이 도착했다 세월호에서 보낸 우편처럼

(중략)

비늘 칸칸에서 노란 국화 냄새가 난다

(중략)

무심, 깊은, 단단한, 노련한, 가시지느러미가 있는 등신불의 전언

이제 걸어갈 거예요

사라진 발원지를 향하여, 향하여

_「철갑둥어」부분

그녀는 숱한 이동으로 인해 물고기의 잠영이야 말로 가장 온순하며 비밀스럽고 제의적이며 존재론적이라는 것을 알게 된 것이다. 눈에 보이지 않으니까. 안 보이게 움직이는 순한 족속들이니까. 그것은 이번

시집 첫머리에 써놓은 '잊혀진 우물에 두레박을 내리는 숭고한 영혼들의 용감한 몰락'과 같다. 이런 말 해도 된다면, 하겠다. 그녀의 이번 시집 참 좋다. 숭고하고 용감한 몰락, 그 과정과 내려앉아 닿는 지점이 그대로 보이니까. 그리고

앞서간 사람이 떨구고 간 담뱃불빛

그는 모를 것이다 담뱃불이 자신을 오래 바라보고 있다는 사실을

그 최후가 아름답고 아프다는 사실을

진실은 앞이 아니라 뒤에 있다

_「뒤」부분

이 시를 읽으며 그녀가 그토록 길고 긴 행보를 해온 이유가 자신의 뒷모습을 만들기 위해서라고 생각했다. 뒷모습이 아름다운 자야말로 진정한 사람이라는 것도.

비겁한 슬픔과 모순들이 나를 키우고 있었다. 꾸물꾸물
민망한 날들이 구렁이처럼 제 꼬리를 말고 또 말았다. 막막
하고 먹먹한 날들을 계속 삼켰다. 아프다 말하는 것도 사치
였다. 세월호 이후 글을 쓸 수 없다는 생각이 밀려왔지만,
도무지 말이 안되는 날들 속에서 나는 자꾸 글을 쓰고, 책
을 내고 있었다.

괴물화된 문명 속에서 나도 병든 괴물이었으리라. 다행
스럽게, 아주 다행스럽게도 낡은 책상에서 '몰락'이라는 단
어가 새움처럼 돋아났다. 모든 몰락은 '이상'과 '심연'을 가
지고 있었다. 또 몰락은 온 힘으로 생명을 품고 있는 겨울
숲 또는 혁명과 닮아 있었다. 얼마나 많은 영웅들이 얼마나
아름답게 몰락했던 걸까. 그 몰락에서 무수한 꽃들이 피어
나고 있었다. 오늘도 영웅들은 열심히 몰락 중이니.

죽어서 빛나는, 죽어서 살아 있는 세계가 바로 시(詩)임
을 깨닫는 데 참 오랜 시간이 걸렸다. 흔쾌히 몰락할 수 있

을까. 가난한 어머니처럼. 전구를 넣고 양말을 꿰매던 늙고 못생긴, 어깨 굽은 어머니 말이다. 이상과 심연 사이엔 대지가 있고, 그 대지엔 사랑이 전부이다. 그리고 그 사랑은 모두 메타포로 빛난다. 이제부터 천천히, 다시 사랑을 배울 참이다.

내려가는 길. 깜깜한 데로 내려가는 나선형 긴긴 계단을 자주 본다. 지옥인 듯 무섭다. 하지만 그 끝자리에 하얀 민들레가 흔들리고 있다. 그 본래. 소박하고 위대한 그 눈부심. 웃으면 복이 온다는 말은 착각이다. 울어야 복이 온다. 따뜻한 눈물이 가장 큰 선물이다. 신은 가장 어두운 지하에 산다. 오래오래 우리를 기다린다. 시(詩)처럼.

실천시선 240

몰락경전

2016년 2월 5일 1판 1쇄 찍음
2016년 9월 9일 1판 3쇄 펴냄

지은이   김수우
펴낸이   윤한룡
편집   김은경
디자인   윤려하
관리·영업   한해인

펴낸곳   (주)실천문학
등록   10-1221호(1995.10.26)
주소   서울특별시 중랑구 상봉로 110, 1102호
전화   322-2161~5
팩스   322-2166
홈페이지   www.silcheon.com

ⓒ 김수우, 2016
ISBN 978-89-392-2240-3 03810

이 책은 한국문화예술위원회 2013년도 아르코문학창작기금을 받았습니다.

이 도서는 국립중앙도서관 출판시도서목록(CIP)은
e-CIP홈페이지(http://www.nl.go.kr/ecip)와
국가자료공동목록시스템(http://www.nl.go.kr/
kolisnet)에서 이용하실 수 있습니다.
(CIP제어번호:CIP2016002729)